这本书属于：

使用解密卡，用加密文字拼出你的名字。

（解密卡使用方法请在第 9 页查看。）

图书在版编目（CIP）数据
成为大侦探：用惊奇推理故事挑战你的思维 /（西）安娜·加略著；（西）维克托·埃斯坎德尔绘；陈雨峥译 . -- 长沙：湖南美术出版社，2024. 9. -- ISBN 978-7-5746-0491-9
Ⅰ . I551.85
中国国家版本馆 CIP 数据核字第 2024AT6382 号

成为大侦探：用惊奇推理故事挑战你的思维
CHENGWEI DA ZHENTAN: YONG JINGQI TUILI GUSHI TIAOZHAN NI DE SIWEI

出 版 人：黄　啸
著　　者：[西] 安娜·加略
绘　　者：[西] 维克托·埃斯坎德尔
译　　者：陈雨峥
选题策划：北京浪花朵朵文化传播有限公司
出版统筹：吴兴元
编辑统筹：冉华蓉
特约编辑：胡晟男
责任编辑：王管坤
营销推广：ONEBOOK
装帧制造：墨白空间·唐志永
出版发行：湖南美术出版社（长沙市东二环一段 622 号）
后浪出版公司
内文制作：张宝英
印　　刷：天津联城印刷有限公司
开　　本：940 毫米 × 660 毫米　1/8
字　　数：45 千字
版　　次：2024 年 9 月第 1 版
印　　张：9
印　　次：2024 年 9 月第 1 次印刷
定　　价：72.00 元

读者服务：reader@hinabook.com 188-1142-1266
投稿服务：onebook@hinabook.com 133-6631-2326
直销服务：buy@hinabook.com 133-6657-3072
网上订购：https://hinabook.tmall.com/（天猫官方直营店）

后浪出版咨询(北京)有限责任公司　投诉信箱：editor@hinabook.com　fawu@hinabook.com
本书若有印装质量问题，请与本公司联系调换，电话：010-64072833

浪花朵朵

成为大侦探

用惊奇推理故事挑战你的思维

[西] 安娜·加略 著
[西] 维克托·埃斯坎德尔 绘
陈雨峥 译

湖南美术出版社
全国百佳图书出版单位
·长沙·

10 篇惊奇故事
10 道神秘谜题
10 个经典角色

目录

欢迎你，大侦探！

一起走进迷雾重重的推理世界吧！

集中注意力！

在这里，你将看到10篇精彩的惊奇故事，认识其中的经典角色。有些角色出自作家的奇思妙想，如弗兰肯斯坦、杰基尔医生和德古拉伯爵；另一些角色则来源于各种神话传说中带有神秘色彩的形象，如女巫、狼人和幽灵。惊奇和神秘的事物可以赋予人类无穷的创造力！

这些故事的不同之处在于，并非所有情节都像看起来一样清晰明朗，所有故事中都有需要解决的问题，而这正需要你的参与。每篇故事末尾都会有一个问题，答案以加密文字的形式给出，需要用解密卡才能读懂。找出问题的答案，是阅读本书的一大乐趣。

如何解开谜题？

答案就藏在文字和图画中……认真阅读，仔细观察！

要解决每篇故事末尾提出的问题，你需要**集中注意力**，抓住插图中的细节，琢磨人物看似随意说出的话，找出文字和图画中包含的线索。有时候，你也可以通过**逻辑推理**或**直觉**解开谜题。

展现你的智慧，直面恐惧，战胜恐惧吧！

跟着线索走，运用逻辑来推理

- 故事一开始，挑战就开始！故事前的**导读部分**非常重要，因为你能从中了解到某些神秘生物的特性，而这或许能帮你解开谜题。
- **认真观察插图**：某些场景的色彩、重要人物在故事开头和结尾处的表情，还有其他插图——不管它们有多不起眼，都在为你叙述着故事。
- 慢慢阅读，不要错过**文字中的线索**！它可能是一两个词，也可能是人物的一句话。

专心致志，相信你的直觉

· 有时，你并不需要逻辑推理便可解开谜题。你可以在不知不觉间，通过感觉和脑中捕获的信息得到答案。所以，创造一个理想的阅读环境也是非常重要的。（我们会在第 10 ～ 11 页给你提供一些小建议。）

· 当你不确定答案是什么时，请说出你能想到的这个故事中所有与问题相关的内容。也许你在表达的过程中，不经意间就会发现新的信息，把你的想法串联起来……最终帮你找到答案！

可以和朋友
一起玩吗？

· 专心致志，图像和文字就能在你的脑海中畅所欲言。（对，对，它们会趁你不注意的时候开始说话。）

· 如果你觉得已经知道了答案，就用解密卡验证一下吧！

自己玩、一起玩，都可以

解谜游戏很有意思，因为你既可以自己玩，也可以喊上小伙伴！

如果你没有求助**解密卡**就解出了一篇故事的谜题，那就记下这个谜题对应的分数，最后把分数加到一起。

如果你是和几个小伙伴一起玩，可以让每个人单独写下自己的答案，最后再一起验证答案的对错，或者随机抽取几个故事，分组抢答。

不需要一字一句地
对照答案验证，核心
观点正确即可。

团队赛

故事	A组	B组
德古拉家族		40
弗兰肯斯坦的藏身地	20	
法老的儿子		40
瓦尔普吉斯之夜	30	
总分	50	80

解密故事，得出答案

在想象力与梦境的广阔世界中，存在着一些不怀好意的**神秘生物**，它们依赖孩子的恐惧而存在。但是，总是有人站出来面对这些生物，并将它们打败，就像本书故事中的主角们一样。这些人做到了这一点，是因为他们明白这些生物都有弱点。他们会用人类各种正面积极的品质去与这些生物搏斗，例如同理心、情谊、智慧、知识、洞察力和坚韧之心。

阅读本书时，发挥你的才能，揭开神秘故事背后的谜底。

注意：首先，要靠自己解开谜题，然后再用解密卡来验证答案是否正确。

运用逻辑和想象力揭开谜底。
答案就藏在文字或图画中……认真阅读，仔细观察！
不要心急，花些时间，慢慢思考，找出答案！

如何使用解密卡？

解密卡上有两圈字母。加密文字的字母表写在外圈，字号较大，找到外圈加密字母在内圈对应的汉语拼音字母，即可解开密文，获得答案。

在哪里以及如何阅读本书？

在观看惊悚电影的时候，一些桥段可能会让你从座位上跳起来或尖叫。阅读惊奇故事却是一种非常不同的体验，它没有那么强烈的视觉冲击力，反而令你可以调动所有的感官来体验故事情节。因此，为了充分感受这本书的精彩之处，我们建议你在独处的时候读这本书。如果是团队竞赛的话，最好周围没有其他人，只和共同玩游戏的朋友一起读。

这样做的目的，是创造一个可以远离干扰的阅读环境，以便专注地感受阅读带来的体验。

找到最适合的时间和地点来阅读这本书吧。
运用智慧逃离神秘生物的魔爪！

别忘了，故事只是故事，千万别当真！

光线昏暗的黄昏或傍晚，暴风雨来临或当家里只有你一个人时，都是阅读本书的理想时刻。

如果你有帐篷，可以在花园或露台上支起它，一个人或和朋友钻进去，一起阅读本书。

如果你和朋友一起读这本书，那你们可以增加一些神秘的气氛。比如，你们可以打扮成故事中的经典角色，再一起读书……

你也可以使用本书中的语言加密方式与朋友进行沟通。

你也可以在网上搜索“惊悚气氛的音乐”或者“风暴的声音”，播放一些阴沉的音乐和音效来营造读书氛围。

得分

谜题的难度会用骷髅头的个数标注在每个故事末尾的答案下方。每个骷髅头的分值为10分。

书中的谜题按照难易程度划分为2~6级。

2=简单 💀💀

6=困难 💀💀💀💀💀💀

难度	分值
💀💀	20
💀💀💀	30
💀💀💀💀	40
💀💀💀💀💀	50
💀💀💀💀💀💀	60

弗兰肯斯坦

大约 200 年前，英国作家玛丽 · 雪莱（ 1797—1851 ）在和朋友们逗留乡村时写下了《弗兰肯斯坦》一书。当时天气恶劣，他们时常无法出门。一天，朋友们提议每个人创作一篇惊悚故事。就这样，玛丽在 19 岁那年，写出了这篇维克多 · 弗兰肯斯坦医生用尸块拼出一只怪物的故事。

故事中的怪物十分可怕，可怕到弗兰肯斯坦医生都抛弃了它。因长相可怖，怪物被所有人排斥，于是它的情感发生了转变，它想向医生复仇。

弗兰肯斯坦的藏身地

杀死了弗兰肯斯坦医生的新娘后，怪物逃跑了。医生开始追杀怪物，一直追到了北极才终于找到了他。然而，还没等把他抓住，医生就去世了。怪物对自己犯下的罪行感到十分懊悔，面对医生的尸体，他发誓自己会永远消失且永不作恶。同时，他决定以后改名为“弗兰肯斯坦”，以怀念创造出他的医生。

随后，弗兰肯斯坦继续逃亡，穿过人迹罕至的不毛之地，越过严寒之境——比起酷暑，他肥硕的身躯更容易适应寒冷。直到一场暴风雨把他驱赶到了爱尔兰海岸附近的一座小岛上。这座小岛由伸出海面的两块海底巨石组成。怪物在岛上的一处岩洞中安了家，只有海鹦与他作伴。这些鸟儿在弗兰肯斯坦居住的洞穴旁筑巢，因为怪物骇人的长相能吓走偷它们的蛋和食物的海鸥。

弗兰肯斯坦藏身的洞穴位于悬崖峭壁之上，涨潮时，洞口向外凸出的部分能挡住海浪的冲击。在那里，他目睹了几艘渔船遭遇海难，他把渔船残骸上剩下的物资运回洞穴，让自己生活得舒适一些。

因为沉船事故频繁发生，不久后，政府在此建造了一座灯塔。此后，弗兰肯斯坦就和灯塔管理员及其妻儿共同生活在这座岛上，不过管理员一家只是偶尔来岛上待一段时间。于是，在峭壁高处暗中观察这一家人就成了弗兰肯斯坦的新乐趣。

尽管管理员一家人很少走出灯塔，但弗兰肯斯坦还是不安起来。担心被发现的恐惧让他噩梦缠身。梦中，他的愤恨再次爆发，失去理智的他掐死了尖叫的小威廉——弗兰肯斯坦医生的弟弟。

这儿有个洞穴！会有人住在这里吗?

一天早上，弗兰肯斯坦听到洞穴外传来脚步声。脚步声伴随着细微的呼吸声越靠越近。弗兰肯斯坦跑向洞穴的深处，藏在了一处隐蔽的地方，并在周围盖上了一些干树枝。怪物黄色的眼睛透过树枝的缝隙向外暗中观察着，他看到灯塔管理员的儿子走进了洞穴，正好奇地打量着自己的东西。

从今天起，这里就是我的秘密基地。

那个男孩反复检查，最后他认为这个洞穴应该是以前的某个海难幸存者的避难所。有一天，弗兰肯斯坦从藏身处看到男孩背着背包、吹着口哨走进了洞穴，似乎是想把这里收拾干净，以便之后再过来。果然，后来男孩又来了好几次。

弗兰肯斯坦害怕男孩发现自己后会被吓跑，于是，每当他看到男孩过来，就躲到洞穴外面。有一次，弗兰肯斯坦没来得及躲出去。在洞穴深处，他紧张地看到男孩一边一脸疑惑地观察着他的东西，一边向他躲藏的地方走过来，只是还没发现他。

男孩越靠越近，灯光慢慢照亮了弗兰肯斯坦的藏身地。弗兰肯斯坦深知自己浑身上下只有嗓音惹人喜欢，于是张口阻拦道：

是谁在那儿？
你别过来，我的眼睛受不了光亮。我就住在这里，你来这里我也不怕，但请你和我保持距离。
?
哈哈哈哈哈哈哈

男孩名叫阿尔林。此后，阿尔林常会去洞穴里坐坐，和弗兰肯斯坦隔空对话。

有一天，阿尔林伤心地告诉怪物，他不想回学校，因为同学经常会取笑他的雀斑和大耳朵。

暑假即将结束，阿尔林在返回陆地上学之前，来与弗兰肯斯坦道别。但是阿尔林在道别后并没有离开，而是藏了起来。最后，当篝火照亮了弗兰肯斯坦可怖的面庞时，阿尔林终于看到了怪物的样子。他失声尖叫，叫声淹没在夜晚巨大的海浪声中。

弗兰肯斯坦走到阿尔林面前。阿尔林努力地适应着怪物可怖的长相。弗兰肯斯坦本想逃跑，但一见男孩要坐在篝火旁边，便不知所措地停下了脚步。阿尔林不停地看向弗兰肯斯坦的手，看得怪物不自觉地握紧了双手。

他的手真大啊！

最后，阿尔林毫不畏惧地看向怪物那令人发指的面庞，他说道：

我知道你为什么一个人住。我明白你的感受……

医生的针法笨拙，搞得弗兰肯斯坦的嘴唇皱皱巴巴的。此时此刻，他嘴唇上的每处褶皱都被泪水打湿了。这是第一次有人毫不畏惧地和他说话。

阿尔林是如何知道洞穴里有人的？

Brm dür wlmt cfü or wü wlmt cr yf br bzmt oü.

女巫

直到200多年前，人们还相信世界上存在女巫。据传说，女巫是与魔鬼签订契约的女子，她们会为达成自己的目的而施展巫术，摧毁田地，引发疫病。任何独自居住且会熬药的女子都会被怀疑为女巫，因为人们怀疑她们在草药里放了蜥蜴的尾巴或蟾蜍的眼睛这些女巫才会使用的东西。

还有人说，女巫会通过吃小孩来增强法力。因此，那时的孩子们都会佩戴护身符，直到长大成人之前都要担惊受怕。有段时间，许许多多无辜的女子都因为被人们认作女巫而被判处死刑，但其实她们中的许多人熬制草药只是为了治病救人。

瓦尔普吉斯之夜

4月的最后一天，北欧的一些小镇会庆祝瓦尔普吉斯之夜——女巫的特别节日。据说当地流传着一个故事：很多年前的这一天，双胞胎姐弟艾丽卡和艾力克放了学就开始往家跑。因为家人叮嘱说要走人多的地方，所以他们选择从主干道跑回家。两个人急促的脚步声回荡在石板路上，时而有马车驶过，发出的噪声盖过了他们的脚步声。每当他们碰到一个陌生的女子，姐弟俩就偷偷瞄她一眼，并加快飞奔的步伐。

今夜是瓦尔普吉斯之夜。准备好吧，小鬼们……
艾力克，快跑！

每年的这天晚上，都会有很多女巫骑着扫帚或变成乌鸦飞到这里，聚在小镇的不远处，围着巨大的篝火跳舞。

艾丽卡跑在前面，当他们穿过一个小广场边的树林时，艾丽卡突然停了下来。她抬起头向上看去，给艾力克指了指树枝间的一团毛球。人们认为，这种毛球是女巫坏掉的扫帚。

这是女巫的扫帚!

别想戴上它，小鬼!

回到家，艾丽卡立刻冲进了厨房。她看见小桌子上放着奶奶给他们缝的莳萝小香包，它可以用来驱赶女巫。艾丽卡一边戴上香包，一边朝小广场边的树林看去。一想到有个女巫把扫帚丢在了离自己这么近的地方，艾丽卡就不禁害怕起来。倒是艾力克，刚一平安到家，就忘记了女巫的事。他都没去厨房吃点心，就跑上楼回到了自己的房间。

对艾力克而言，比起女巫，他那颗松动的乳牙更令他感到烦躁。因此，吃晚饭时，艾力克请求爸爸帮他把那颗牙拔下来。奶奶却觉得最好还是再等等：“牙齿对女巫来说可是宝贝。如果你把牙齿拔掉，女巫一定会来拿走它。那今晚可是连莳萝小香包都保护不了你们了！”

艾力克又担心今夜女巫会来拔掉他松动的牙齿。于是，妈妈对艾力克说，她会在睡前给他一个万无一失的妙招，保证让他安全地逃离女巫的魔爪。

这颗牙还不用拔呢，艾力克。把汤喝光，这对你有好处。

艾丽卡也有一颗乳牙松动了。这让她心里十分不安，因为学校里的同学都说女巫可以变成蟑螂，她们能轻而易举地从任何一处缝隙钻进家里，待在床下，等小孩睡着后，把松动的牙齿拔走。

我的宝贝！

好可怕啊啊啊！

在瓦尔普吉斯之夜，没有哪个小孩能放心地上床睡觉。这天晚上，艾丽卡最先准备上床，并和往常一样，给了妈妈一个晚安吻。这能让她安心。

艾丽卡回到自己的房间后，一到床边就迅速抬起腿上了床，战战兢兢地用被子盖住了大半张脸。正当她要入睡时，就听到对面房间的艾力克在跟爸爸妈妈耍小性子，不肯亲吻爸爸妈妈。

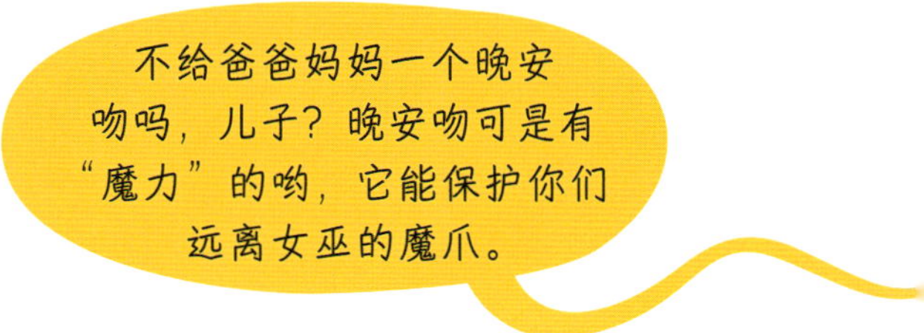
不给爸爸妈妈一个晚安吻吗，儿子？晚安吻可是有“魔力”的哟，它能保护你们远离女巫的魔爪。

到最后，艾力克也没有给爸爸妈妈晚安吻。

过了几个小时，一家五口都睡着了，连他们的小猫奥托也蜷在奶奶房间近旁的走廊上睡得正香，直到半夜才醒过来。然而，半夜12点，奥托望着艾丽卡的房间，喉咙间发出了呼噜呼噜的声音，浑身的毛发竖起。没有人看到，一团黑影从艾丽卡的床下钻了出来。

嘻嘻
哈哈
呼呼
让我瞧瞧这个
小弟弟能不能带
给我好运。

那团黑影飘向艾丽卡，伸出一根手指，上面长着长长的、泛黄的指甲。那根手指朝着艾丽卡的嘴唇摸去，然而还未碰到艾丽卡的嘴唇，黑影就缩回了手，仿佛被什么东西扎到了一样。

“嗬！这个不行。”黑影不满地低语。

艾丽卡梦到一只巨大的蟑螂爬过了她的脸，她惊醒过来。刚睁开眼睛，她就看到一团黑影悄悄打开门，从她的房间飘了出去。

艾丽卡一动不动，大气都不敢出。黑影没有把门关严，因此艾丽卡能从门缝里看见那黑影抚摸着走廊上的奥托。起初，奥托明显处于警惕的状态，它的喉咙里发出呼噜呼噜的声音，耳朵都竖了起来。然而，当黑影拿一根手指戳戳它的额头，小猫就放松下来，躺在地上，任由黑影抚摸它的肚皮。

“小叛徒！”艾丽卡气呼呼地想。

“爸爸明明说世界上没有女巫！”艾丽卡惊恐地想。她看见那个女巫（或者其他什么怪物）打开了弟弟卧室的门——几小时前，艾力克刚刚把这扇门咣当一声关上。不幸的是，艾丽卡能从床上看到发生了什么，却无法发出声音求助。

艾丽卡看到女巫的指尖触到艾力克的嘴唇，然后满意地笑了，只听她喃喃自语道：

啊哈，臭小子！
谢谢你咯，
没有好好保护
你的小乳牙。

女巫伸出她的长指甲，撬开艾力克的嘴唇，轻而易举地取走了艾力克松动的乳牙。

等到女巫从艾丽卡的视野中消失不见，艾丽卡还一直躲在被子里，身体紧紧绷着。此时，奥托突然跳到了她的床上，艾丽卡终于发出了长长的尖叫声：“啊——”直到奶奶惊恐地跑来，把艾丽卡抱进怀里，她才终于平静下来，停止尖叫。

是什么保护艾丽卡的牙齿没被女巫拔走？

Nz nz wü dzm zm düm.

狼人

狼人在许多地区的传说故事中都有出现。据说，因为狼人平时是人的模样，所以能够与人类共同生活而不被发现。然而，到了月圆之夜，它们就会变成狂暴的狼。如果一个人被狼人咬伤、身披狼皮或在圆月下裸睡，他就有可能变成狼人。当狼人恢复人形时，他们会非常后悔自己的所作所为，并忏悔自己造成的伤害。不过，除非被银子弹击杀，狼人永远都无法摆脱这种不幸的命运。

村庄里的狼人

传说，在山的那边，广阔森林的深处，有一座与世隔绝的村庄。要想进入或离开村庄，必须要穿越广阔的山毛榉林并跨过一条河。除了赶牲畜的小道以外，村庄周围没有别的路，因此如果有人想要去别处，就要雇佣最了解周遭环境的人当向导，例如猎人或陷阱猎人（通过安放陷阱来捕猎的猎人）。

秋冬季节，湿润的雾气弥漫在村庄行人稀少的街道上。在一个大雾弥漫的早上，牧羊人阿克塞尔的羊群跟随牧羊犬的叫声冲进了村庄。过了好一会儿，街上为数不多的行人才惊恐地发现：阿克塞尔没有跟着羊群一起回来！

于是，村里组织了搜救队去寻找阿克塞尔。他们到达山间庇护所的小屋时，却发现那里只有牧羊人衣服的碎片和他的背包。搜救队推测，年轻的阿克塞尔可能遇到了野兽。在与野兽对峙时，他吹出口哨，让牧羊犬救出了羊群。

猎人追踪了现场的足迹，发现它渐渐消失在了树林之间。地上有两排巨大的爪印，像是某种直立行走的动物的足迹。

回到村庄后，所有人在小酒馆集合。一个搜救队员把阿克塞尔的背包递给酒馆的老板，猎人则从口袋里拿出了一件东西，放到吧台上。

“这是阿克塞尔的吗？”猎人问。

酒吧老板娜丁哭着点了点头。

“我在山间小屋附近找到了它。看来你的男朋友曾经英勇地与敌人抗争……”

娜丁抚摸着她送给牧羊人的小刀。那时，阿克塞尔正准备带着羊群去一个更温暖的地方过冬，临行前夜，娜丁将这把小刀送给了他。

熊是这一带唯一能用两只后爪直立行走的野兽，但是因为熊已经进入冬眠期，所以猎人排除了这个选项。

“昨晚是月圆之夜。这看着像狼人做出的事……”猎人推断道，“而且，狼人可能就在我们之间。”

猎人排查了在场的所有人，发现只有理发师、教授和陷阱猎人缺席。理发师一直忙着给客人剪发，教授自然是沉浸在书本中，陷阱猎人则昼伏夜出。

娜丁询问猎人如何辨认出狼人。

“狼人独自生活，身体强壮，皮肤苍白，毛发旺盛。狼人的眼睛很亮，在黑暗中会闪闪发光，而且嗅觉极其灵敏！”

大家认真地听着。

猎人建议道：“我们会在下个月圆之夜出来搜寻狼人。到时候，所有人都要闭紧房门。因为狼人会在此时狩猎。只有你们关好门，我们才能更快找到它们。”

娜丁觉得自己应该做点儿什么。她离开酒馆，走向理发店。理发店的门关了，但娜丁决定坐在门前的台阶上等待开门。

“我必须要了结这一切！”门内传来吼叫声和物品落地的声音。

娜丁紧贴着门去听。这时，她听到了门的另一侧有像是狗在到处嗅的声音，便急忙远离门口。现在来找理发师，似乎时机不对……

我从昨天下午开始就没出过门。我发烧了。

于是娜丁去拜访了教授。当娜丁问教授案发当晚都做了什么的时候，他通红的大眼睛充满了迷茫。

教授卷起袖子，拨旺了壁炉里的火。他的皮肤上覆盖着一层浓密的栗色汗毛……

离开教授家，娜丁向河边的一座孤零零的小房子走去。一个长着浓密络腮胡子的男人给她开了门，他就是陷阱猎人。他的家里散发着呛人的烟味和内脏的气味，因此娜丁就待在门外，问了陷阱猎人同样的问题。

前天我去森林里安装了抓野兔的陷阱，直到晚上才回来，从那以后我就再也没出过家门。

我在理发店门口看到了你。

回到酒馆，娜丁一边系着围裙，一边思索着。这时，她听到了理发师的声音。

“你有事找我吗？”理发师来到吧台边，问道。

娜丁又问了理发师同样的问题。理发师答道：“昨天理发店没开门，因为我去给一个住得很远的客人理发，下午才回来。之后我就没再出门。”

这三个人里面肯定有人在说谎，娜丁想。

离开酒馆前，理发师看到了吧台旁边小桌子上放着的阿克塞尔的小刀。他悲伤地对娜丁说：

理发师离开后不久，娜丁重温了她与三名嫌疑人的所有谈话。

突然，娜丁的脸色变得苍白，双手捂嘴，咽下了一声尖叫。她必须去找猎人。她知道这三个人之中谁是藏在村庄里的狼人了。

三名嫌疑人中，谁是狼人？

Or uz hsr, brm dür gz iüm xsf oü nf bzmt iüm wü crzl wzl.

德古拉伯爵

大约600年前，在特兰西瓦尼亚住着一位残暴的王子，名叫弗拉德·德古拉。作家布莱姆·斯托克（1847—1912）以这位王子的生平为基础，融合了以活人为食的“永生者”的传说，创造出了德古拉伯爵这一吸血鬼形象。他将吸血鬼描写为在夜间出没的生物，他们只有在被邀请后才能进入别人的房屋。吸血鬼可以变身为动物，不会被镜子照出身影，常把人催眠后吸食他们的血液。此外，吸血鬼是永生不灭的，除非有人能消灭他们……但必须以特定的方式才能杀死他们。

德古拉家族

有这样一个故事：在晚间音乐课上，瓦妮娅认识了德米安·德古拉。德米安一家刚搬来不久，住在郊区的那座古老的布兰城堡里。一天晚上，瓦妮娅应邀去德米安家做客。

然而，大片乌云渐渐遮蔽了天空，于是瓦妮娅的妈妈让儿子安德烈在暴风雨来临前把妹妹接回来。

安德烈登上了“血尽之路”。这条路通向布兰城堡，因路上常有身上流着血的动物出没而得名。但是这可吓不倒安德烈——该害怕的是那些动物。

安德烈听到几声脚踩枯叶的声音，紧接着，他感到手上一阵潮湿。安德烈猛地抬起手臂，只见一只老狗舔过他后向森林里逃去。安德烈的脸因恶心皱在了一起。

啊！带血的口水！
呼噜呼噜!

走到城堡前，一声尖锐的鸣叫让安德烈抬起了头。那是一声尖叫吗？似乎更像是飞过塔楼的蝙蝠发出的危险警告。仰望着城堡阴森可怖的外墙，安德烈顿时感到毛骨悚然。

还没等安德烈敲门，城堡的大门便打开了。一位老管家从阴影处走了出来。

“我来接我的妹妹。”安德烈胆战心惊地小声说道。

管家把安德烈领进德米安的卧室，随即转身离开，去告知主人安德烈的到来。

好可怕的城堡！

在安德烈等待之时，外面响起了隆隆的雷声。安德烈拉开窗帘，想看看外面是否已下起了雨，却发现那扇窗户被砖堵死了！

仿佛是在回应他的疑惑，安德烈背后有人出声解释道：“这是因为我的妻子发生了一场意外。”

德米安的父亲弗拉德指着壁炉上方一幅巨大的画像，说道：“有一天，大风吹开了窗帘，然后我的妻子就被击倒了，因为射进来了一道……”弗拉德的情绪变得激动起来，不过他没再说下去。他让安德烈再等一下他的儿子，然后就离开了。

这时，老管家出现了。他身上一直有一股酸臭的气息，这气息包裹着他令人不安的话语：“快去找你妹妹吧，你们现在很危险。我会帮你把她救出来的。我以动物的血液为食，但是他们……他们在我们这个物种中是最恶劣的。”

突然，老管家似乎是听到了背后的什么声音，于是转身离开了。安德烈再次被独自留下。

安德烈吓坏了。他开始在城堡里四处寻找瓦妮娅，把房间的门一扇扇地打开。在一个房间里，安德烈看到了几幅德米安和他父母的画像，画中的他们穿着不同时代的服饰。画像前的桌子上还有一个漂亮的玻璃器皿，里面装着像是骨灰的东西。

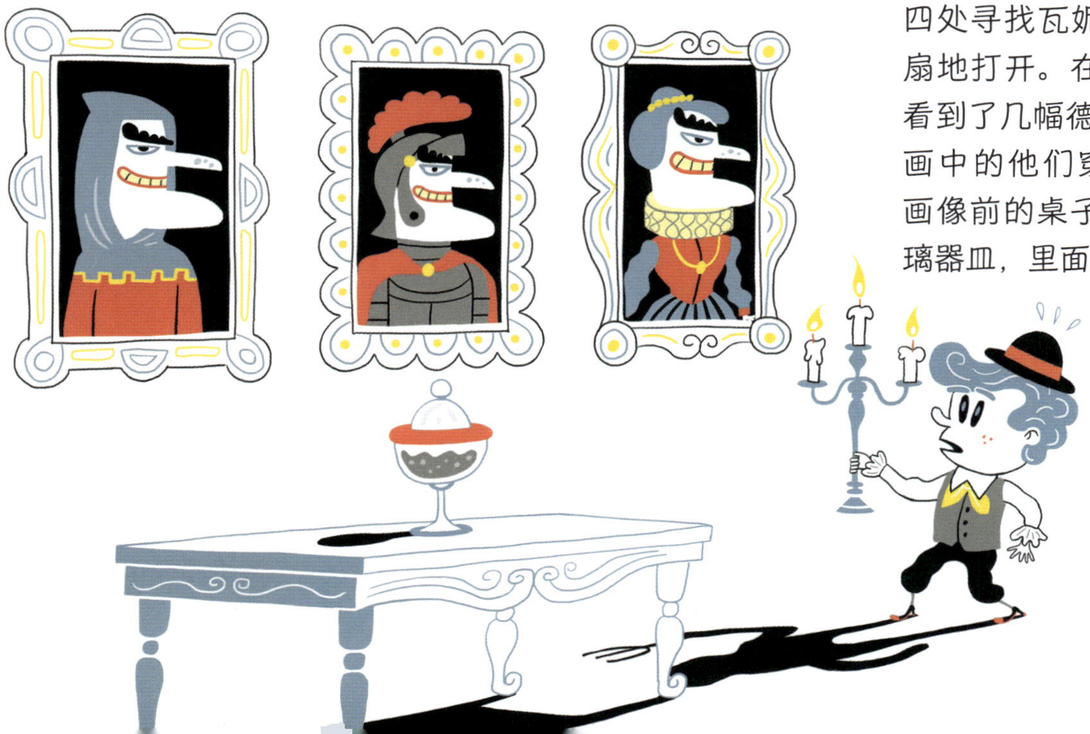

你在找什么?

安德烈跑出房间，跑向走廊尽头的一扇玻璃门。他一边跑着，一边从玻璃门中看到自己在走廊里奔跑的身影。

突然，弗拉德的声音从背后响起，安德烈的心跳得几乎要冲破胸膛。可是……玻璃门上明明只有安德烈一个人的身影!

安德烈的心怦怦地跳个不停，现在他真的害怕了：玻璃门竟然照不出那个男人的身影!

弗拉德声音诡异，说道："你的妹妹将成为吾儿德米安永生的伙伴。而你，则将成为他的猎物……哈哈哈!"

安德烈惊恐地看向弗拉德，接着，他发现自己似乎飘了起来，跟随着弗拉德去向了别处。弗拉德催眠了他!

过了一会儿，安德烈在一张床上醒了过来。瓦妮娅躺在他的身旁，呼吸微弱。安德烈望向四周，随即明白了老管家所说的话。"他们"——德米安和他的父亲弗拉德——都是以人血为食的吸血鬼!

那个臭小鬼藏到哪儿去了?

突然，他听到有人来了。安德烈跳进床头的一口大箱子，藏了起来。他听到德米安和弗拉德正在四处找他。

忽然，窗户外传来巨大的敲击声，"砰砰!"安德烈以为自己被发现了。

直到黎明时分，德米安走进房间，回到了床尾处自己的棺材里，安德烈才松了一口气。

安德烈从箱子里爬出来，看到阳光照了进来。夜里有人去了城堡外的花园，拿掉了砖块。这让安德烈想起了德米安母亲的“意外”。他猛然想到，吸血鬼还害怕日光！于是，安德烈拉开了窗帘。

兄妹二人飞快地逃离了古堡。正当他们快跑到血尽之路的尽头时，安德烈回头望去，希望能见到来时遇见的那只老狗。但是，他只看到一棵树下有一只死兔子，它的脖子上血迹斑斑。“感谢你的帮助，我的朋友！”安德烈心想。

那天夜里，弗拉德发现了德米安的悲惨下场。不久后，一只蝙蝠飞离了古堡，去找寻新的巢穴，建立新的家庭。

血尽之路上的狗是谁？

Ozl tfzm qrz.

万圣节

万圣节起源于凯尔特人，是为亡灵而设的节日。生活在盎格鲁－撒克逊国家（如美国、英国、加拿大）的人们会在10月31日庆祝万圣节前夜。爱尔兰移民将万圣节带到了美国，同时改变了一些节日元素，例如将芜菁制的杰克灯改成了现在的南瓜灯。

杰克灯来源于一则传说：相传，有一个吝啬鬼名叫杰克，他因为厌倦了死后还要在黑暗中游荡，就向魔鬼请求帮助。魔鬼向杰克扔了一团火，却没想到他把火装进了一颗空心芜菁中，用来照明。如今的万圣节，孩子们不再挨家挨户地为亡灵作祷告，而是走街串巷地索要糖果，不给糖的话，可要小心他们的恶作剧！

永恒的约定

这是本篇故事的主角乔安·海登在学院的最后一个学年，也是她人生中最糟糕的一年。她母亲的小妹妹、她亲爱的阿黛尔姨妈最近去世了，还有塔娜·斯帕克斯和她的“巫师家族”（乔安这么称呼他们）也让乔安的生活格外难过。她常常悲伤地想起阿黛尔姨妈曾作出的承诺：“我会永远守护你。”如今，这个约定再也无法实现了。

万圣节快到了，班上所有人都在谈论着自己要参加的万圣节聚会。乔安在想的却是，过几天应该带一束姨妈最喜欢的薰衣草去扫墓。

没想到，她竟然收到了塔娜的万圣节聚会邀请函，这让乔安十分惊讶，心想这或许是因为他们同情自己。要不是因为她的朋友保罗不愿意一个人去，一直坚持让她接受邀请，乔安是不会头脑一热地答应参加聚会的。

我好想你，阿黛尔姨妈。
阿黛尔·布朗
我会一直守护你，亲爱的乔安。

啵!

作为隐秘的致敬，乔安选择穿着阿黛尔姨妈的女巫服参加万圣节聚会。她草草地化了妆，亲吻了姨妈的照片，然后离开家，前往和保罗约定见面的出租车站。

乔安走过大街，从南瓜灯、万圣节彩灯和成群结队的僵尸、小丑之间穿过。她听到小孩子们高喊着“不给糖就捣蛋”，心生一股怀念之情。这时她的手机响了，是保罗发来了消息：“我爸爸带我过去。聚会上见。”因此，乔安独自坐上了站点里停着的唯一一辆出租车。

不给糖就捣蛋!
铃
铃
铃
铃

出租车驶过一片外观雅致的住宅和街道，最后在塔娜家门前停了下来。

“直面恐惧，不要被吓到！”乔安下车时，出租车司机说道。

这香水味……我好像在哪里闻到过?

穿过花园时，乔安感到十分不安，并不是因为花园被装饰成了到处有骷髅钻出草坪的墓地，而是因为在她的朋友保罗到来之前，她只能独自和“巫师家族”的人待在一起。

房门是开着的，奇怪的是，屋里只能听到音乐声。乔安叫了一声塔娜，但无人应答。屋里有张桌子，上面的杯子、盘子里装着食物残渣，似乎是有人在她进门之前匆忙冲出了房间。乔安敢肯定，早晚会有人跳出来吓唬她。

乔安摸索着走进一条长廊。长廊被装饰成了一条恐怖隧道，每当乔安蹭到恐怖面具，它们就会从墙上弹出来，冲向她的脸。这下她真的开始害怕了。

走到恐怖隧道的尽头，乔安从那扇通往地下室的虚掩着的门中探身出去，再次呼唤了塔娜。

“下来吧！还没人来呢。”塔娜回应道。

啊！我好像演弗莱迪演得太投入了……
她晕倒了！

乔安心想，怎么会没人来呢？那么那些盘子是谁用的？同时，她朝着塔娜声音传来的方向走去。

突然，一个被手电筒照亮的“连环杀手”弗莱迪·克鲁格（美国系列电影《猛鬼街》中的角色）出现在了黑暗中。乔安失声惊叫，想要逃跑，但被一群装扮恐怖的人拦住了去路。她的喉咙失了声，身体失去知觉，双腿一软……

当乔安清醒过来时，她看到所有人都担忧地看向她。这时，乔安回想起了那天课上大家嘲笑她的笑声：她在课上讲述了自己对连环杀手弗莱迪·克鲁格这个角色的恐惧，以及自己会因害怕而做出怎样的反应。

乔安感到屈辱又沮丧，跑出了地下室。

幸运的是，送乔安来塔娜家的那辆出租车还停在附近。她上了车，刚在座位上坐好，就感到自己恢复了平静。她再次闻到了那股熟悉的薰衣草香水味，感觉好多了。

早上，乔安醒来时还是有点儿恍惚。真是一场奇怪的噩梦啊……

阿黛尔姨妈如何守护了乔安？

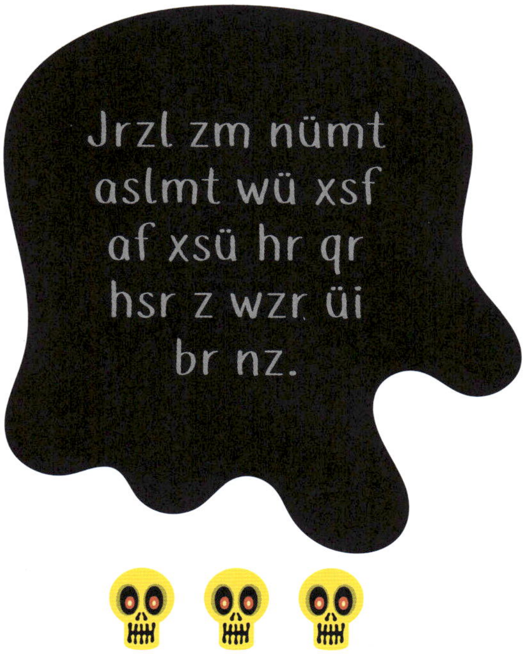

丧尸

很久以前，生活在非洲西部的一些民族信仰一种由巫师掌控的宗教，名为伏都教。巫师声称能召唤魂魄，让死人复活。但事实上，他们做的是给人下毒，将这些人变成奴隶，从而更好地服从主人。

后来，这些伏都教中并不暴力的丧尸作为一种“不死生物”登上了恐怖电影的银幕。电影中的丧尸以人或牲畜的血肉为食，而人只要被丧尸咬上一小口，就会感染丧尸病毒，成为丧尸，所以丧尸的数量会迅速增加。

雨林里的丧尸

有这样一个故事：在热带雨林里的一条大河中，有一座被繁茂植被覆盖的小岛，人们只有乘船才能上岛。在这与世隔绝之处，医生卡普兰和弗雷德曼正带队研究一个秘密项目：激活坏死组织。

一个闷热的早上，医生团队的助手法比奥非常难过，因为他发现贝琳达躺在担架床上去世了。贝琳达是一只母绒毛猴，法比奥把它从一只幼崽养到了现在。

法比奥到达实验室之前，猎人哈利带着一只实验备用的母猴来到这里。医生把它的名字“桑巴”贴到了笼子上，但离开之前没有检查笼子是否关严。于是桑巴从笼子里跑了出来，被之后到来的法比奥发现了。出于物种自身的本能反应，桑巴一直给贝琳达喂食并摇晃它的身体，试图让它醒过来。

法比奥把桑巴放回笼子后，开始轻柔地把贝琳达的面庞擦拭干净。当他正要收拾现场时，弗雷德曼医生走了过来。

小心点儿！
把那个细口瓶放回
冰箱里！

卡普兰医生

接着，法比奥把贝琳达的遗体放到了豚鼠室。他刚走出豚鼠室，就撞上了卡普兰医生。法比奥面红耳赤，因为他违反了规定，没有把贝琳达火化。相反，他想着过会儿把它埋到雨林中。那儿是贝琳达的家。

这里对你来说要
好很多。贝琳达，
这儿是你的家。

突然，一阵含糊不清的叫声传来，两个人透过门上的玻璃窗向豚鼠室里看去。

嗷呜呜呜呜呜呜呜！

卡普兰医生眼前一亮，而法比奥的眼里则充斥着恐惧。贝琳达以一种超乎寻常的力气拉开了一个笼子，攻击了两只豚鼠。接着，它又扑倒了正向门口逃跑的看护员。过了一会儿，看护员从地上爬了起来，带着重伤，朝门这边走来。

嗷呜呜呜呜呜呜呜呜！！

法比奥和卡普兰连连后退。尽管看护员受了很重的伤，但他还是打开了房门，朝着僵住的两个人慢慢走来，试图用手去抓他们，仿佛他们是可口的食物。

两个人躲进了厕所，发现保洁员也在里面。他们在那里躲了一段时间，直到再也听不到砸门的声音，三个人才跑出来，逃向实验室。

突然，保洁员发出尖叫。法比奥立刻作出反应，准确地踢了一脚正咬着保洁员脚踝的豚鼠。

啊啊啊！
吱吱！

等等！我们得观察一下贝琳达是怎么发生变化的。
?
咔！

弗雷德曼医生给他们开了门，然后拿起电话听筒。她正要打电话请求支援。

卡普兰按下挂机键，挂断了电话。

卡普兰医生命令法比奥打开基地的门，否则，再晚一些，他们就将变成丧尸的食物了。法比奥认为这不是一个好主意，因为这样岛上会到处都是丧尸……离开前，他给看上去头昏眼花的保洁员拉过来一把椅子，让她休息一下。

看到卡普兰在瓶瓶罐罐之间紧张地找着什么，弗雷德曼医生就知道，他已经发现了能激活坏死组织的病毒。但他是怎么给贝琳达接种的呢？

啊啊啊啊啊啊啊啊啊啊啊啊！
吱吱！
吱吱！
吱吱！
吱吱！

大厅里，法比奥看到几只丧尸豚鼠在争夺新的猎物，他认出了那个猎物正是保安。在它们后面，他又看到了贝琳达的尸体，旁边躺着几只一动不动的动物。

嗷呜呜呜呜呜呜呜呜！！

法比奥向后退着，忽然，他听到实验室传来尖叫声。丧尸病毒在保洁员身上的小伤口中扩散得很慢，但最后她还是感染了病毒，袭击了卡普兰。一些丧尸被肉味吸引过来，正敲打着实验室的门。

突然，丧尸群中冲出了一个人。

那个人是猎人哈利，他朝法比奥冲过来，同时做着些奇怪的手势。接着，他扑到了法比奥身上，却并没有咬他，而是低声说道：“要往他们头上打。”

“21 个！”几小时后，法比奥喊道。

而哈利则给了基地最后一个丧尸精准一击，结束了计数。

卡普兰，
你做了什么？
?

22 个！
咚！

贝琳达是如何感染的丧尸病毒？

Hzmt yz dür oü yür orm wz cr plf krmt or wü wlmt cr.

木乃伊

埃及金字塔的第一批考古发现给英国作家简·威尔斯·劳登（1807—1858）带来了极大的冲击，她的作品《木乃伊》首次讲述了恐怖的木乃伊为复仇而重生的故事。这个故事的灵感来源于古埃及人独特的丧葬传统。古埃及人认为，人死后，身体会踏上通向彼岸之路，而路上必须有其生前最喜爱的物品相伴。为保卫墓地，祭司会写下诅咒，或采取其他方式惩罚那些胆敢打扰死者的人。

法老的儿子

这个故事来自法国，杜蒙一家住在塞纳河附近一栋公寓的二楼。一天晚上，杜蒙家点亮了只有重要场合才使用的大郁金香灯，从街上就能看到被它照亮的客厅。这是因为他们在为从埃及回来的迪迪埃叔叔——在卢浮宫博物馆工作的考古学家庆祝呢。

克洛伊只有 12 岁，但她显然遗传了她叔叔对古文明的热情，并想成为一名考古学家。晚餐期间，克洛伊对迪迪埃叔叔的工作表现出了极大兴趣。因此，迪迪埃叔叔邀请她去参观自己正在筹备的展览。

第二天一早，克洛伊打扮成她在杂志上见过的探险家的模样，专心地聆听叔叔讲解他刚从埃及带回来的种种物件背后的故事。有些物件来自法老儿子的墓地，而在他的石棺底部发现了一只做成了木乃伊的狗和一个写满了象形文字的精致盒子。

这些画都是什么意思呀?

法老儿子的石棺是展厅里最小的一具石棺。迪迪埃叔叔将棺材盖打开了一下，克洛伊看到里面躺着一具被麻布条包裹着、双臂交叉的尸体。然后叔叔盖上了盖子，并拿出一个由“永生之树”金合欢的木头制成的小盒子，展示给克洛伊。

木盒的盖子上，画着法老的儿子，他站在死神面前，身边环绕着各种代表守护者的符号。例如，他胸前戴着荷鲁斯之眼，身旁有一条法老守护蛇。小男孩正要渡过那条通往彼岸的大河，而他的狗陪伴着他，狗的嘴里还叼着一只蝎子。

盒子里还有一只小小的木制机关狗，可以用杠杆打开或合上它的嘴。克洛伊想知道盒子上写满的象形文字都表示了什么，迪迪埃叔叔对她说，这是一句诅咒：“偷窃法老之子之财产者，将毙命于巫术之神赫卡忒之手。”

能打开或合上小狗
嘴巴的杠杆

哇！
好精巧呀！
咔咔
嗓子好痛！
我要喝水！
咯！
咯！

有人喊了一声迪迪埃叔叔，于是叔叔就让克洛伊先去办公室等他。克洛伊心不在焉地把木制小狗拿在手里带走了，等到她到了办公室才意识到这一点。那间办公室里摆满了拆了一半的箱子。

克洛伊怕把木制小狗落在那里，所以不想放下它，但在等待叔叔回来的时候，她动了狗爪子下面的杠杆。小狗的嘴巴张开时，克洛伊感觉空气中有一股浓烈而芬芳的味道，像是熏香。

克洛伊好奇地打量着那些古老的物品，忽然，她感到自己好像有点儿过敏了。她放下小狗玩具，擦了擦鼻子，这时她的嗓子开始刺痛起来。于是克洛伊决定出去找水喝。

克洛伊一边不停地喝着别人给她的那瓶水，一边穿过一间有很多柱子的大厅，去寻找迪迪埃叔叔。突然，法老儿子的木乃伊裹挟在一团沙尘中出现在了克洛伊面前，离她只有几厘米。他缠绕着绷带的双手抓住了克洛伊，以一种超出人类的力量将她举到空中。

克洛伊惊恐万分，一把扔开了水瓶，玻璃水瓶掉到地上，摔碎了。破碎声让木乃伊吓了一跳，手一松，猛然将克洛伊摔到了地上。一团沙尘拂过，木乃伊消失了，而落地的克洛伊吓坏了，赶紧藏到了一个巨大的雕像后面。

周围一片漆黑，克洛伊不知道自己是不是已经死了，但是她能感觉到身旁有冰冷的东西在移动。克洛伊连一根手指都不敢动。这时，她看到了一条眼镜蛇。它好像感受到了威胁似的抬起了头。她周围现在有好几条蛇，它们都被她身体的热量吸引，朝她爬过来。

克洛伊喊不出声。这时，那个木乃伊仿佛知道她还没死，克洛伊看到他的影子再次朝她慢慢靠近。克洛伊想大声告诉他，自己会把玩具小狗还回去。但是这一次，那个来自另一个世界的生物已不再留任何情面。盒子上的诅咒马上就要应验了……

突然，克洛伊深吸一口气，被拉出了黑暗。她睁开眼睛，看到迪迪埃叔叔一边指着装玩具小狗的盒子，一边和医生说着话。

“幸好你解读出了那些画的含义，杜蒙先生。虽然这种毒已经不再有致死的危害了，但还是有致幻的效果。”医生说。

迪迪埃叔叔是怎么知道玩具小狗有毒的？

Sü ar hszmt sfz wü crzl tlf afr or blf br asr crü ar.

尼斯湖水怪

尼斯湖位于苏格兰高地，那里属于山地地区，到处是冰冷的河流和湖泊。自1000多年前以来，常常有人坚称自己曾在尼斯湖见到过大型水怪。1930年报纸上刊登出的照片是它最广为人知的形象，但那幅照片上的怪物其实是拿黏土捏出来的。虽然如此，尼斯湖水怪现身的新闻仍层出不穷。有人认为，水怪只在湖水和北海海水交汇时才生活在尼斯湖里。也许……它只是在那里存放它的蛋？

洛奇兰的女儿与水怪

这个故事发生在大约300年前，当时的苏格兰高地被多个部族统治。部族类似大家族，每个部族的成员都随族长姓，即便他们之间没有任何血缘关系。洛奇兰是格兰特部族里的一个穷人，他们一家人住在尼斯湖附近的一个小茅屋中，他的工作是给族长耕地。晚上，洛奇兰会去湖边钓鱼来养活家人。

洛奇兰去世后，他的妻子接替他去给族长耕地。大女儿费内拉承担了其他活计，比如切割用来生火的泥煤块（泥煤是一种泥炭，是由枯死的沼泽植物经过数千年形成的）。小女儿肖娜则负责做班诺克饼——这种燕麦制的圆饼往往是一家人唯一的食物。

然而没过多久，族长格兰特就准时来要求她们缴纳“效忠税”，以便继续得到他的保护。否则就要拆掉茅屋，让她们无处栖身。洛奇兰一家已下定决心，要守护小茅屋的一砖一瓦，包括家里光秃的地板和吃住两用的唯一一间屋子。而她们拥有的只是洛奇兰留下的渔具，因此，她们提出用鱼缴税。

“那谁去钓鱼呢？”族长坐在马背上，看着母女三个人，问道。

“我去。”费内拉向前踏出一步，回答道。她13岁的脸上带着异乎寻常的坚定，看得那些男人收起了脸上的嘲弄和讥笑。

我们用鱼给您缴税。

那天过后，每到傍晚时分，费内拉就和她11岁的妹妹肖娜去钓鱼。聪明的费内拉钓鱼技术渐渐精进了，她已经学会了把鱼竿甩到合适的距离。与此同时，肖娜准备了精致的鱼饵，她把它们捏成虫子的模样，把大鱼骗上钩。

水怪之尊，
爱吃鱼尊。

一天天过去，姐妹俩对鳟鱼群的出没地点越来越熟悉。有几次，她们感觉到平静的水面泛起了异常的波纹。为了消除恐惧，费内拉教肖娜唱了一首爸爸唱过的奇怪的歌：“水怪之尊，爱吃鱼尊。”

咕噜噜噜——
呜呜呜——

远离
尼斯湖!
我要证明给他们看，
我也可以独自钓鱼。
吧唧 吧唧

星期天的时候，神父将几个邻居的失踪归咎于尼斯湖中的凶恶水怪。

“远离尼斯湖，那里是地狱之门!”

费内拉喃喃自语道:“湖里唯一的水怪就是格兰特本人。”肖娜听罢，不禁笑了起来。

有一天，费内拉生病了，妹妹肖娜想自己去钓鱼。“少给一筐鱼，我们就无家可归了!”她想。尽管妈妈不允许，心意已决的肖娜还是等其他人都睡着了之后，夜里独自离家，前去钓鱼。

大雾环绕，划船进入湖中的肖娜迷失了方向。她一边等着鱼儿上钩，一边听着湖水拍打船身，发出不祥的声音。肖娜开始害怕了。为了转移注意力，她掰了一块班诺克饼，边吃边低声唱起了爸爸的歌。突然间，肖娜明白了歌词的寓意!

水面上，几条小鱼伸出嘴，想要接住肖娜嘴边掉下来的饼屑。看到小鱼喜欢吃饼屑，她十分开心，便往鱼饵上加了班诺克饼。背上的鱼筐就快要装满鳟鱼时，肖娜感到周围冒出了一大股热气。接着，一股强大的力量在她的背后一拽，把她扯到了空中。

啊啊啊!!
快看！那是洛奇兰家姑娘们的渔船！
?

直到第二天早上，肖娜都没有回家，因此费内拉裹上羊毛披风，去给部族里的其他人报了信。一名渔夫发现了她们的渔船，有一盏油灯被遗落在船舱里。找回船之后，费内拉划着船在湖面上搜寻。在岸边一块盖满植物的岩石旁边，有东西吸引了费内拉的注意，于是她朝岩石那边划去。

岸边水波荡漾，水面上漂着几条鳟鱼的尸体。费内拉抓起其中一条，认出上面残留的鱼钩是肖娜的。她没看到鱼筐，就翻开植物去找，竟发现植物丛深处是一个洞穴的入口。费内拉坚定地把船划了进去，随后跳到了洞穴内的岸上。她发现面前有三条岔路。

费内拉先从最小的洞口处探身向里面看了看，那儿存放着三颗巨大的蛋，而洞穴能很好地保护它们。接着，她进入中间的岔路，在那儿发现了一个空的鱼筐和鱼的残渣，看样子是有什么生物饱餐了一顿。这时，洞穴深处传来了一声巨大的咆哮，吓得费内拉转头就跑。尼斯湖水怪正在慢慢醒来。

咕噜噜噜——嗷嗷嗷嗷嗷嗷嗷嗷嗷嗷嗷——

费内拉一路狂奔，跑出了中间的洞穴，然后进入了第三条岔路。走到里面的一个小岔路口，她选择了那条入口堆了些石头的岔路。就在灯光即将被风吹灭之际，她看到了肖娜明亮的蓝眼睛。姐妹两个人顺着风吹来的方向，逃出了水怪的洞穴。

多年以后，孩子们仍然吟唱着洛奇兰的歌曲，保护自己免受尼斯湖水怪的攻击。

肖娜用什么转移了水怪的注意力，逃过一劫？

Qrzmt yz yz qrzl wü tü or wü afr slf orzmt tü ar wzl tfl ozr mrzm, qrf hsr hsfr tfzr afr cr sfzm xsr wü afm bf.

杰基尔与海德

英国作家罗伯特·路易斯·史蒂文森（1850—1894）小时候经常生病，因此被迫在病床上度过了很长时间。为此，他的父母雇用了保姆卡米来照顾他。卡米经常给罗伯特讲一些可怕的故事，搞得他常常做噩梦，然后被吓醒。长大后，罗伯特学会了记录梦境，把梦到的内容写到故事里。某天晚上，他梦到一个罪犯会在白天变成一个令人尊敬的绅士……于是，这篇可怕的故事就这样诞生了。

杰基尔的狂躁朋友

故事的主角亨利·杰基尔是伦敦一名杰出的医生。他家住在伦敦桥附近，房屋极为豪华，后院就是他的实验室。杰基尔为人和善，好友颇多，律师厄塔森和杰基尔的同事兰尼恩医生就位列其中。一天，厄塔森收到了杰基尔寄来的一封信，信里说，如果他去世或失踪了，他会把所有的财产留给“他的朋友爱德华·海德”。这位神秘的朋友海德是谁呢？厄塔森觉得此事有些蹊跷，便决定进行调查。

碰巧的是，厄塔森得知了这样一件事。几天前，一个男人从杰基尔家所在的小巷走出来时，撞撒了一个从这儿经过的小女孩手中的苹果篮，却没有停下来帮她捡起来。一位目击者要求他给小女孩赔偿。于是，那个无礼的男人嘟囔着打开了杰基尔实验室的门，再出来的时候，手上竟拿着有杰基尔签名的支票！目击者发誓，那个家伙和优雅的杰基尔医生完全不一样。

海德先生通常会
从实验室进来。
兰尼恩
厄塔森

厄塔森从杰基尔的管家处得知了这位朋友的一些细节。

“那个海德是不是打算先篡改杰基尔的遗嘱，过后再杀他牟利？”厄塔森警觉地想。

忘了他吧！
他已经离开了！

杰基尔减少了和朋友们的来往，直到某天，他又邀请朋友们去他家里共进晚餐。他的心情不错，厄塔森便利用这个契机，告诉杰基尔他所指定的遗产继承人似乎并不是什么好人。杰基尔的脸色变得十分苍白，他请求厄塔森不要再想着他的朋友了，因为那个人已经离开了。

啊啊啊啊啊啊啊啊啊啊啊啊啊！
哈！

直到一个浓雾弥漫的夜晚，一个女佣在窗边看到海德在杰基尔家附近殴打一个男人。警察闻讯赶来，在尸体旁边看到了厄塔森的名片和凶器的碎片。赶来的厄塔森律师承认受害者是自己的客户，并指认凶器是杰基尔的拐杖。

厄塔森去了杰基尔家，警告杰基尔，海德现在是警方追捕的嫌疑人。杰基尔瘦削的脸颊让厄塔森心里一惊，但随后他说的话又平复了律师的心情。

海德不会再回来了。你看看他给我寄的信。
?
最近没收到什么信件，先生。

杰基尔递给律师一张署名为海德的便笺，在上面，海德向杰基尔阐述了他的罪行，并说自己已经逃走了。厄塔森想知道这封信是从哪里寄来的，以便通知警察，但杰基尔坚称自己已经把信封烧了。

抱着调查的心态，厄塔森向管家询问了信件的事。谁料管家疑惑地告诉他，最近没收到信件，也没人捎来任何书信。厄塔森律师在想，是不是杰基尔把嫌疑人藏匿起来了。

为了寻求线索，厄塔森找到了一位笔迹分析师，请他通过便笺上的字迹分析海德的性格。

“这字迹不像是出自一个狂躁的人之手，但也确实有些蹊跷。”

太难以置信了！

啊啊啊啊！
这个也没用！
啊啊啊！

这时，一位侍者走来，递上了杰基尔发来的一封邀请函。厄塔森看向邀请函，突然发现了一件令人不安的事……

不一会儿，杰基尔的管家慌张地来到厄塔森的家里。他说杰基尔医生一直把自己关在实验室里不出来，不停地让仆人去找一种化学实验用的盐，但仆人找到的似乎全都不管用。

厄塔森奔向实验室，砸开了门。他看到了一具穿着杰基尔衣服的尸体趴在地上，尸体手中握着一个空玻璃瓶。他身旁放着一张便笺，上面写着让大家去看兰尼恩医生手里掌握的资料。

那声音听着也不像杰基尔医生的声音。我怕是有人已经把医生杀害了，而那个罪犯就在实验室里面。

虽然兰尼恩已经去世了，但他留下了一份文件。在文件中，他承认自己曾目睹了杰基尔成功地将身体里的好人格和坏人格分离。这个秘密动摇了兰尼恩的科学信仰，最终导致他的死亡。

厄塔森的疑虑得到了证实，同时他也搞清了杰基尔之所以没能成功控制住自己的邪恶人格，是因为他用来做药的化学实验用盐中的某些成分发生了改变。那一夜，绝望的杰基尔发现自己已经无法摆脱海德，故而决定结束自己的生命。最后，杰基尔医生和海德被埋葬在了同一座坟墓中。

厄塔森律师在哪一刻开始怀疑杰基尔和海德是同一个人的？

Azr wfr yr orzmt aszmt
asr wü ar qr hsr.

幽灵

据说，世界上任何一个国家或地区都会存在有幽灵的建筑。在传说中，幽灵是死去之人留在某处的灵魂，形态样貌也不相同。因此，当一栋房子会在晚上发出声响、在没有人经过的情况下传出脚步声、散发出奇怪的味道、房屋里的东西会自己移动或突然消失的时候，这栋房子里或许就有幽灵。甚至还有幽灵变成“调皮鬼”，吓人来找乐子。一般来说，幽灵并不危险，我们只需要克服自己的恐惧，在看到或听到无法解释的现象，或可能来自异世界的东西时保持镇定即可。

阁楼上的幽灵

一辆载着故事主角的马车驶入了侯爵宅邸外的花园，马蒂亚斯侯爵的女儿和外孙从马车上走了下来。那是一个夏日的清晨，天气晴朗。几个世纪前，这座庄严的宅邸就被建在了市郊，但由于城市渐渐扩大，现在已与喧嚣的市中心离得很近。那个时代没有交通法规，马车和汽车都杂乱无章地行驶，交通事故也频繁发生。这一点，马蒂亚斯侯爵有着深刻的体会，因为在他跟他外孙一般大时，他最好的朋友就是因为交通事故而离开的。他的朋友是厨师的儿子，和厨师一起住在阁楼上。那一次，朋友正追着去捡一只掉到栅栏外的皮球，一辆汽车冲了过来，撞倒了他。

马蒂今年11岁，这是他去寄宿学校念书前最后一次来看望外公。在马蒂登上宅邸入口的石阶时，他看到阁楼里的灯光在闪烁，仿佛有人在玩着开关。

马蒂一进门，外公就带他去了卧室，正是外公在和马蒂一样大的时候住的那间。

“它们以前是我的，现在都是你的了。”外公指着桌子上的海军士兵锡制玩偶对马蒂说道。马蒂亚斯侯爵曾在海军部队服役。“我还给你准备了棉花糖，欢迎你来。”

晚饭过后，马蒂回到了房间，想用士兵玩偶还原一下外公给他讲述过的菲律宾海战的战场。刚一打开房门，马蒂就僵在了原地：他之前已经将士兵玩偶摆放整齐，然而现在，玩偶七零八落地倒在桌子上。

夜里，房间里很暖和，马蒂睡得迷迷糊糊。直到楼上传来一阵有节奏的敲击声，马蒂才睁开了眼睛。那声音听起来像是有人在拍皮球。接着，拍球声消失了，他听到了一声：“马蒂!”那声音仿佛是有人靠在他枕边说的一样。马蒂慌忙去开灯，却一不小心把小台灯碰倒了。

但即便没有灯，马蒂也能意识到房间里有人。他感到很冷，裹紧了被子。

过了一会儿，房间里又响起了“嗒，嗒，嗒”的声音。透过街上的光亮，马蒂看到几只士兵玩偶歪倒了。他终于打开了灯，却发现房间里除了他没有别人。

我昨天晚上听到了怪声音。
大概是水管或是老鼠吧。

第二天早上，马蒂问外公家里有没有别的小孩。

“小孩只有你一个。”外公答道。

马蒂又问是谁睡在阁楼上。

“没人睡在阁楼上。”外公疑惑地说。

咚
咚
咚
咚
咚

每天晚上，楼上都会传来拍皮球的声音。有一天，马蒂的妈妈和外公去了剧院，家里只剩下马蒂和一个照顾他的女佣。那天晚上，马蒂上床睡觉时抓着外公给他的手电筒。“咚，咚，咚，咚……”楼上再次响起了猛烈而快速的拍球声，马蒂不得不放开手电筒，堵住了耳朵。

啊啊啊啊啊啊啊!!

他试图坐起来，但一股诡异的力量按住了他。马蒂的呼吸越发急促起来，恐惧已占据他的整个身体，但他还是冷静地掐了一下自己，试图确认那是不是梦。痛感顿时袭来，马蒂立刻飞快地跳下了床。

从剧院回到家，妈妈和外公就发现马蒂正和女佣睡在一起。

第二天，早餐席间，当妈妈说到“要学会克服夜间的恐惧”时，马蒂坚定地反驳了她，态度之强硬令他的外公十分惊讶。

“那不是噩梦，妈妈，我当时是清醒的！而且你们知道吗，‘它’还碰倒了我的士兵！”

?
不是我的原因！
这个家里还有别人！

那一夜，妈妈上楼为马蒂讲了睡前故事，因此马蒂睡得又香又沉。直到午夜时分，房门打开了，一个黑影站在门口，凝视着走马灯在壁纸上投出的影子。走马灯独自转着，马蒂则沉沉地睡着。

来人正是马蒂亚斯侯爵，他拿出了战场上培养出的勇气，对着空气喊话。

走马灯停止了转动，一切恢复了平静。最后，外公在马蒂的扶手椅上睡了过去，所以，他没看到桌子上的小小黑影，也没有听到士兵玩偶倒下时发出的三声细小的“嗒，嗒，嗒”……

下列选项中，哪件事不是幽灵做的：

•拍球声　•被碰倒的士兵玩偶

•寒冷　•说话声

Hsr yrmt dzm lf hsr yür glf nrzm sfz gzmt wü ozl hsf kümt wzl wü.

小心哟，
今夜恐惧会来
敲你的门……